本書的小主人是：

月球探索之旅

菲·史提頓
Tea Stilton

新雅文化事業有限公司
www.sunya.com.hk

俏鼠菲姊妹 8

月球探索之旅

I NAUFRAGHI DELLE STELLE

作者：Tea Stilton 菲・史提頓
譯者：孫傲
責任編輯：胡頌茵
中文版封面設計：李成宇
中文版內文設計：羅益珠 劉蔚
封面繪畫：Arianna Rea, Daniela Geremia and Ketty Formaggio
插圖繪畫：Alessandro Battan, Sergio Cabella, Paolo Ferrante, Daniela Geremia,
　　　　　Sonia Matrone, Marco Mazzarello, Roberta Pierpaoli, Arianna Rea,
　　　　　Maurizio Roggerone, Roberta Tedeschi, Tania Boccalini,
　　　　　Alessandra Bracaglia, Concetta Daidone,
　　　　　Ketty Formaggio and Micaela Tangorra
內文設計：Paola Cantoni and Michela Battaglin
出　　版：新雅文化事業有限公司
　　　　　香港英皇道499號北角工業大廈18樓
　　　　　電話：(852) 2138 7998　傳真：(852) 2597 4003
　　　　　網址：http://www.sunya.com.hk
　　　　　電郵：marketing@sunya.com.hk
發　　行：香港聯合書刊物流有限公司
　　　　　香港新界大埔汀麗路36號中華商務印刷大廈3字樓
　　　　　電話：(852) 2150 2100　傳真：(852) 2407 3062
　　　　　電郵：info@suplogistics.com.hk
印　　刷：C&C Offset Printing Co., Ltd.
　　　　　香港新界大埔汀麗路36號
版　　次：二〇一六年六月初版
　　　　　10 9 8 7 6 5 4 3 2 1

　　我，菲·史提頓，是老鼠島上最有名的《鼠民公報》的特約記者！我愛旅行、愛冒險，也喜歡認識世界各地的朋友！

　　我畢業於陶福特大學，我曾經在那兒教授新聞學，並認識了五個很特別的女孩：妮基、科萊塔、薇歐萊特、寶琳娜和潘蜜拉。這是一羣很能幹的女孩，她們之間有着真摯的友誼。

　　出於對我的喜愛，她們以我的名字成立了一個團體：俏鼠菲姊妹。這讓我十分感動，因此，我決定親自講述她們的神奇冒險經歷，那可是一些非常有意思的、真正的冒險奇遇……

俏鼠菲姊妹！

名字： 妮基

昵稱： 妮可

故鄉： 澳洲（大洋洲）

夢想： 從事與生態學有關的職業！

愛好： 喜歡戶外活動、親近大自然！

優點： 只要是在戶外，心情總很好！

缺點： 停不下來！

秘密： 有幽閉恐懼症，受不了密閉的空間！

妮基

妮基

科萊塔

名字：科萊塔

昵稱：蔻蔻

故鄉：法國（歐洲）

夢想：成為一名時尚記者！

愛好：喜歡一切粉紅色的事物！

優點：非常勇敢，樂於助人！

缺點：遲到！

秘密：放鬆方式是洗頭、燙鬈髮或做美甲！

科萊塔

名字：薇歐萊特

昵稱：薇薇

薇歐萊特

薇歐萊特

故鄉：中國（亞洲）

夢想：成為一位知名小提琴手！

愛好：學習！

優點：非常嚴謹，喜歡認識、了解新事物！

缺點：易怒，不喜歡被開玩笑！沒睡足就無法集中精力！

秘密：放鬆方式是聽古典音樂、喝果味綠茶！

寶琳娜

名字： 寶琳娜

昵稱： 比拉

故鄉： 秘魯（南美洲）

夢想： 成為科學家！

愛好： 喜歡旅行、結交全世界的朋友！

優點： 典型的利他主義者！

缺點： 害羞、糊塗。

秘密： 電腦問題對她來說易如反掌，

再難也難不倒她！

寶琳娜

潘蜜拉

名字： 潘蜜拉

昵稱： 帕咪

故鄉： 坦桑尼亞（非洲）

夢想： 成為體育記者或汽車修理技工！

愛好： 癡迷薄餅！

優點： 處事果斷，愛好和平！討厭爭吵！

缺點： 衝動！

秘密： 只要一把螺絲刀、一個扳手，她就能修理好所有的問題車輛！

潘蜜拉

你想成為菲姊妹中的一員嗎？

名字：_____

昵稱：_____

故鄉：_____

夢想：_____

愛好：_____

優點：_____

缺點：_____

秘密：_____

把你的名字寫在這裏！

把你的照片貼在這兒！

目錄

朋友們，你們好！

你們想幫助菲姊妹解開各種謎題嗎？這可不是件容易的事，不過只要按照故事中的指示看下去，也沒有多麼難啦！

當你們看到這個放大鏡時，要格外注意：因為這意味着這一頁會有重要的線索。

有時，我們會對現有的情況做些梳理，以免遺漏掉什麼有用的線索。

那麼，你們準備好了嗎？

一個神秘的冒險故事正在等待你們呢！

太太太神奇了！

當我抵達老鼠島上的妙鼠城機場時，我心裏只有一個念頭──那就是要趕快**回家**去！

不好意思，我還沒向大家自我介紹呢。我是**菲·史提頓**，是老鼠島上**最有名**的報紙《鼠民公報》的特約記者！

我出外旅行了一個多月，在**戈壁沙漠**開着越野車、騎着駱駝**四處**遊玩。那是一種非常美妙的經歷，但也讓我**非常疲累**！

戈壁沙漠

戈壁沙漠位於中亞地區，總面積約130萬平方公里，是世界第五大沙漠。戈壁沙漠的表層以粗沙土和礫石為主。

那天，我坐在機場候機室等待登上飛往妙鼠城的航班。我一邊看報紙，一邊看電視，突然瞥見大熒幕上的一個影像令我愣住了。

我在電視大熒幕上看到了什麼呢？那就是**俏鼠菲姊妹**微笑的臉龐！

「我的天啊！」我跳起來失聲大喊，「是**妮基、寶琳娜、薇歐萊特、潘蜜拉**和**科萊塔**！」

她們穿着太空衣即將出發去——**月球**！

「太令鼠難以置信了！！！」

呃……當時的我很激動，自言自語大聲地說着，周圍的鼠都開始疑惑地看着我。

「嗯……」我後知後覺地意識到大家投過

16

來的目光，於是尷尬地嘟噥着，「那些女孩是我在**陶福特**大學的學生！她們是我最能幹的學生！」

說實話，我至今仍然無法相信剛剛在電視上看到的那一幕。

沒錯，自從我認識了俏鼠菲姊妹，她們就一直不斷地用她們在世界各地的**冒險**帶給我**驚喜**，但……現在她們竟然要去**太空**了！

　　我也不知道自己現在是為她們感到**激動**還是擔心。

　　我馬上拿起電話打給陶福特大學的校長奧塔夫・安琪克洛佩迪科・德・托皮斯。

　　他確認了我看到的影像都是真的。我那五個年輕的朋友此刻正在去**月球**的路上！

　　校長還補充道：「她們還讓我轉告你，她們一返回地球就會給你所有的詳細資料！」

　　後來，她們確實言出必行了。所以，現在我才能寫出**俏鼠菲姊妹**這段非凡的冒險故事！

準備好了嗎？
出發，去月球！

一切始於一個月前……

陶皮德·馬里布蘭教授，是陶福特大學的傳播學老師，她通知寶琳娜和其他菲姊妹們，馬上去**電腦室**找她。

當時已經是晚上10點了，馬里布蘭教授竟在這麼晚的時間提出會面要求，真是很**奇怪**呢！

然而，老師並沒有多作解釋，菲姊妹們只好匆匆忙忙地趕去電腦室。她們既**好奇**又有些擔心。

陶皮德·馬里布蘭教授

馬里布蘭老師一直在尋找一些能夠讓學生參與，新穎又**刺激**的活動。難道她這次又有什麼新想法了？

電腦室裏沒有其他學生，只有馬里布蘭老師和校長在那裏。他們坐在一個**巨大的**電子熒幕前，正在和一個長着濃密的白**鬍子**的老頭兒進行視像會議。那位年老的鼠濃密的眉毛下長着一對愛笑的眼睛。

寶琳娜馬上就認出了他：「那個……您是拿破崙‧史密斯！那個大富豪！」

拿破崙‧史密斯

他是一個天才的企業家，也是一個非常富有的電子產品實業家。他取得成功的秘密是：擁有一個超卓的商業頭腦，以及積極的心態，對事業始終如一！

聽到這句話，拿破崙微笑着和菲姊妹打招呼：「終於見到著名的俏鼠菲姊妹了！陶皮德告訴過我很多關於你們的**冒險故事**，女孩們……你們贏得了到月球旅行的機會！」

哈！哈！哈！

　　潘蜜拉、妮基、薇歐萊特、科萊塔和寶琳娜都**大吃一驚**！

　　後來，她們才知道，馬里布蘭老師和拿破崙·史密斯是**老朋友**。拿破崙一直很尊重這位大學同學，他創立了一家**太空旅行社**後，第一時間就來找她了！

　　拿破崙·史密斯開始激情澎湃地詳細解釋他的計劃：「世上有很多鼠曾提出過太空之旅的想法並考慮其可行性，而且都考慮了很久！但是，我是惟一一個現在就可以帶着大家進入月球**軌道**尋找**刺激**的鼠！首航將在一個月

內進行。全世界都將會知道這個創舉！這將是一個夢幻般的體驗，也是一個享譽銀河系的廣告！」

校長評論道：「我想整個計劃項目的成功與否就取決於這次旅行的首航了……」

「說得沒錯！」大富豪非常贊同。然後，他更加熱烈地說：「我想邀請全世界最有名的三位記者參加首航，他們就是德露·貝亞

德、魯斯科和托尼・陶百羅！」

潘蜜拉和妮基嚇了一跳。

「我的天啊！」

「這真是太令鼠難以置信了！」菲姊妹異口同聲地大喊道。

她們都是魯斯科和陶百羅調查性新聞報道的忠實讀者，他們經常從世界各地搜索新聞題材和深入調查，並作出優秀的新聞報道。

魯斯科的文章氣勢磅礴，是所有新聞專業學生的好榜樣。至於托尼・陶百羅，他所拍攝的照片很多時都比報道中的文字還要完美！

調查性新聞報道

調查性新聞報道（*Reportage*）是指從世界各地搜索新聞題材和深入調查後作出的新聞報道。報道的形式可以是寫一篇文章刊登在報紙上，或是通過電台或電視傳播。而英文單詞*Reporter*的意思是指負責報道具體內容的**新聞記者**、事件的見證人或者是收集事件的相關信息的人。

月球

月球是地球唯一的衛星。

地月平均距離：384,400公里

月球直徑：3,476公里

地球直徑：12,756公里

　　月球表面坑坑窪窪，凹凸不平。根據月球表面陰暗和明亮的區域差別，我們將月球表面的構造定義為「海」（陰暗的地區）、山脈（明亮的地區）、環形山（環形隆起低窪地區）。

人類在月球上的第一步

　　人類總是想登上月球，但直到1969年的7月21日，人類的這個夢想才成為現實。第一個登上月球的是美國人**尼爾·岩士唐**，他曾把美國國旗插在月球上。

　　今天，人們想以月球旅行為基礎，發展更長的太空旅行線路，比如去火星或者更遠的地方。

月亮的陰晴圓缺

雖然夜晚時，看起來像是**月亮**照亮了天空，但實際上月亮並不會發光，它反射的是太陽光。如果你連續幾個晚上觀察月亮，就會注意到月亮總是以不同的亮度閃耀着。這是因為月亮有時能正面全被照亮，有時會變得完全黑暗，有時又只有部分被照亮。這些現象就是月亮的**陰晴圓缺**。產生這種現象的原因是月亮相對於地球和太陽的位置改變了。

當月亮位於太陽和地球之間時，月亮朝向地球的一面接收不到太陽的光，因此它看上去就是黑暗的，這一階段被稱為**新月**。

當月亮位於太陽相反方向時，月亮被照亮的一面就是朝向我們的這面，此時我們就能看到**滿月**了。

滿月後，月亮被太陽照亮的一面會越來越小，人們把這時的月亮稱為「**下弦月**」；而在新月後月亮被太陽照亮的一面越來越大，人們將其稱為「**上弦月**」。這樣一個完整的循環過程約為三十天。

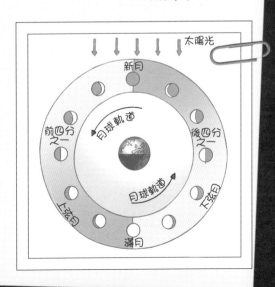

科萊塔的臉上閃耀着嚮往的光芒。她經常聽其他鼠談起德露·貝亞德，這是一位*迷人的*電視女記者，擁有獨特的報道風格和「**戰鬥**」精神。

「這還不夠！」拿破崙·史密斯繼續説，他馬上要説到關鍵的地方了，「我還想邀請一些年輕記者一同上太空，這些記者應該是**富有激情的**，並且能夠對我們現在所做的偉大事業而感到興奮！」

俏鼠菲姊妹感到既驚奇又興奮，甚至激動得有些微微**發抖**！

寶琳娜鼓起勇氣，結結巴巴地問：「那⋯⋯那麼，我們就是被您選中的鼠？！」

拿破崙·史密斯大笑起來，他拍着手説：「歡迎上船，女孩們！」

啪 啪 啪！！！

寶塔萊的秘密基地

俏鼠菲姊妹迅速收拾好行李，並和同學們告別，然後就馬上出發了。

她們必須以最快的速度到達寶塔萊基地。寶塔萊是拿破崙·史密斯的私人島嶼，是位於**密克羅尼西亞羣島**上的一個小島。

在去**太空**前，她們必須通過全面的體格檢查和**嚴格的**訓練。

密克羅尼西亞羣島

密克羅尼西亞羣島是一個島嶼羣，有2,000多個島嶼。這些島嶼分布在南太平洋的廣大區域，大多數都是規模較小的島嶼。**密克羅尼西亞** (*Micronesia*) 這個名字出自希臘語，意思是「小島」。

第二天午飯後，一架**直升機**降落在陶福特大學。這架直升機是來接送女孩們到妙鼠城機場的，而拿破崙·史密斯的私人**噴氣式**飛機正在那裏等待着，它將會直接帶女孩們到寶塔萊島上！

拿破崙的**秘書**菲奧娜在機場等候**俏鼠菲姊妹**。菲奧娜看起來個子小小的，但樣貌卻很**機靈**。她臉上一直掛着微笑，這讓女孩們一看到她就感到很親切。

菲奧娜

菲奧娜作了自我介紹後，就邀請女孩們登機：「你們隨便坐！飛機上的座位都是為你們準備的，我也會一直在這兒為你們服務！想吃點兒什麼嗎？」

潘蜜拉立刻問：「有薄餅嗎？」

「我們剛吃過午飯，帕咪！」**科萊塔**用手肘碰了她一下，低聲說道，「你想要穿一件超大碼的**太空衣**嗎？」

　　寶琳娜轉身問菲奧娜：「您能告訴我**寶塔萊島**確切的位置嗎？我在地圖上找了半天都沒找到。」

　　「其實它是**密克羅尼西亞羣島**中數千個島嶼中的其中之一。」菲奧娜解釋道，

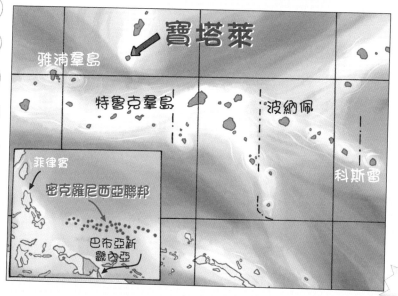

「普通的地圖上不會標注這個小島的位置，只能在**衛星導航**地圖上找到它。」

「確實是這樣，我也找了互聯網上的一些衛星照片，但都沒有發現小島的位置。」寶琳娜補充道。

菲奧娜*得意自豪*地說：「這個小島是拿破崙·史密斯先生的私人財產，他不想有鼠多管閒事……」

當看到寶琳娜**困惑**的表情時，她又解釋道：「**太空旅行**是一個價值數十億美元的大項目計劃！對拿破崙·史密斯先生來說，保密信息是**非常重要**的，因為要避免讓競爭對手掌握他的計劃信息！」

軌道飛行

人類進行的航天活動絕大部分屬於軌道飛行，太空旅行作為目前非常有前景的項目，也不例外。2001年，**俄羅斯聯邦航天署**成功將人類首位太空遊客送上了太空。雖然太空遊客的訓練沒有太空人所受的那麼嚴格，但也需要擁有健康的體格，而且在旅程中必須聽從太空人的指示。

歡迎！

在高空**飛行**了18個小時後，飛機開始逐漸下降到雲層下面。當時正趕上**太陽**落山。透過舷窗，菲姊妹欣賞着外面一望無際、碧綠的**海洋**，海水反射出璀璨的金色波光和紅色的落日餘暉。

隨着飛機逐漸下降，女孩們漸漸可以看清楚下面那些大小不一的綠色小島、**白色**的海灘，還有很多**棕櫚樹**和一些在大海裏航行的小帆船。

「我沒看到房子！」薇歐萊特說。

「**密克羅尼西亞羣島**中很少島嶼是有住民的……」菲奧娜解釋道，「快看！我們到了！你們看下面……寶塔萊！可以看到了！」

俏鼠菲姊妹擁到舷窗前，順着菲奧娜指

的方向望下去。隨着飛機越來越近，女孩們先是看到一座彷彿在**熊熊燃燒**的小山；再近一些，她們眼前出現了一座外形酷似金字塔的玻璃建築。它正在反射着夕陽的光芒，看來如同一座正在燃燒的小山。

菲奧娜自豪地說：「很漂亮吧？」

這還用說嗎？！

過了一會兒，菲奧娜溫柔地提醒大家 *準備着陸。*

「現在，請大家把安全帶繫好，直到我們着陸後才能解開！」

當菲姊妹從飛機上下來後，她們看到了正在等待着她們的拿破崙・史密斯。但他並不是獨自一個，在他的身旁還有……

「**機械人？！**」潘蜜拉瞪大了眼睛，不敢相信地大喊，「拿破崙・史密斯身邊的那些真的是機械人嗎？！」

「是的！」菲奧娜 *笑着* 確認道，「那是四種不同型號的機械人。我們在這座島上所使

用的是世界上最先進的科技！」

　拿破崙·史密斯面色紅潤，看上去精神很好。他高興地給菲姊妹送上了花環和熱情的吻面禮。

啵！啵！啵！啵！啵！

　這時，他的機械人助手們齊聲說：「歡迎！歡迎！」

　它們的聲音雖然是人工合成的，但都很有禮貌。

　「現在大家都到齊了！」

　這位大富豪帶着心滿意足的神情高興地大聲說。菲奧娜立刻對他小聲嘀咕了幾句。

　只見拿破崙拍了一下自己的腦門，說：「太冒失了！我居然把最重要的事情忘了！」

　說完，他從口袋裏拿出五個像金屬鈕扣一

樣的圓形小裝置。它們的中央是**凹陷的**，四周環繞着許多小星星圖案。

他把這些小裝置交給菲奧娜，讓她幫**菲姊妹**戴到她們的衣服上。

然後他解釋道：「這些是你們的『通訊器』，別弄丟了！有了這個，你們就可以打開各自的房間，還可以用簡單的語言指揮你們的機械人服務員。」

「這個怎麼用啊？」寶琳娜好奇地問。因為她看到菲奧娜沒用任何**胸針**之類的東西就把通訊器黏在她的衣服上。

語音合成器

語音合成器是一種人類聲音再現系統。它是通過分析接收到的指令與人類聲音的相似度和信息處理程序來工作的。

菲奧娜用手指碰了一下通訊器，說：「就這樣碰一下就可以下達你的命令了。不需要鑽孔，它就能**黏在**任何布料上！」

不過，當她看到科萊塔半信半疑的**表情時**，又補充道：「它所使用的是新一代黏合劑。我向你保證，它不會在你的衣服上留下任何痕跡，更不會損壞衣服！」

當走進**巨大的**玻璃金字塔式建築物裏時，他們彷彿步入了一個讓鼠難以置信的寬闊和明亮的科幻世界中。

「**噢**！！！」菲姊妹異口同聲地喊了起來。

拿破崙・史密斯自豪地笑着說：「我很高興你們喜歡這裏！這僅僅是個開始！現在你們大概都累了，需要**喘口氣**休息一下。這些機械人會陪你們回房間的。我等你們吃晚飯啊。對了，到時候，你們就會見到和你們一起**旅行**的同伴啦！」

向你們介紹，俏鼠菲姊妹！

　　就這樣，那個晚上拿破崙·史密斯陪菲姊妹去了餐廳，並把她們介紹給其他鼠認識。

　　他們第一個見到的是亞瑟·金教授。

　　「他是航天項目中心的主任，也是我的左右手！」拿破崙·史密斯驕傲地說，「如果說我是這個項目的心♥臟，那麼他就是大腦！」

亞瑟·金教授

　　他是拿破崙·史密斯航天**項目中心**的主任。拿破崙·史密斯的那些天才的設計和構想都是靠他來具體實踐呈現的。總之，他們的角色就是一個負責構想，另一個負責去實現。

教授並沒有開口說話，他只是和**女孩們**握了握手。

他又高又瘦、頭髮稀疏，表情**嚴肅**，雙唇緊閉着，就好像說話會**耗費**他很大的精力一樣。

亞瑟·金教授和拿破崙·史密斯是截然不同的兩種類型的鼠。但拿破崙似乎很喜歡他這位嚴肅的合作伙伴：「他雖然個性**倔強**，但卻擁有聰明的頭腦！我們在一起合作十年了，已經非常有默契了；現在我們只要一個眼神就能明白對方在想什麼。」

接着，拿破崙·史密斯陪着**菲姊妹**來到一張桌子前。那邊坐着三個穿西裝打領帶的鼠。

他們正沉浸在一場似乎非常深入的交談中；同時，他們還以飛快的速度在各自的平板電腦上做着一些**神秘**的計算。

「這三位是納古拉、鮑爾和特里梅因，他

納古拉　鮑爾　特里梅因

納古拉、鮑爾和 特里梅因

他們三位是航天項目的**投資者**。他們的任務是評估拿破崙·史密斯的航天項目可帶來的收益。所以，他們看上去總是在忙於做計算和評估。

們都對我的航天項目非常感興趣，是項目的大投資者。」在走近他們之前，拿破崙小聲介紹道。

「為今後的 *太空旅行* 項目集資是一件**非常重要**的事！為此我這次也邀請了他們到來。」

在把投資者介紹給菲姊妹後，拿破崙終於把女孩們帶到了三個著名的**記者**面前。

女孩們都非常激動！

拿破崙向大家介紹了菲姊妹：「我給你們介紹五位**年輕**的伙伴吧。妮基、薇歐萊特、潘蜜拉、寶琳娜和**科萊塔**！」

在**特派**嘉賓魯斯科和托尼·陶百羅這樣的大人物，以及德露·貝亞德這樣成功的電視記者面前，聽到自己被定義為「伙伴」，女孩們都**尷尬**得臉紅了。

「我們只是**陶福特**大學的學生！」潘蜜拉更正了一句。然後，她轉向魯斯科和托尼·陶百羅，說：「我一直是你們的支持者！」

魯斯科友好地握了握潘蜜拉的手，對她表示感謝。他禮貌親切的舉動馬上化解了女孩們的尷尬。

這時，妮基走近他們，說：「我經常看你們的新聞報道！我的夢想就是能像你們一樣報

從海洋深淵中歸來的
魯斯科和托尼·陶百羅

魯斯科和
托尼·陶百羅

魯斯科（*記者*）和托尼·陶百羅（*攝影師*）是一對非常有名的**新聞拍檔**。

道<ruby>地<rt>dì</rt></ruby><ruby>球<rt>qiú</rt></ruby>上遙遠角落的新聞！」

「當圖片已經傳遞出足夠的信息，語言的描述還有什麼意義？！」托尼·陶百羅打斷了她的話。儘管他面前站着的是一羣學生，但是他的語氣仍然帶着幾分**挑釁**。

通過他的**眼神**和語氣，菲姊妹明白了，這份挑釁並不是針對她們的，而是針對魯斯科的。難道他們之間的合作出現了**危機**？

他們挑動我們，並不是因為照片，而是因為我們的報告！

從他們的表情可以看出是這樣的。

魯斯科**冷冰冰**地反擊道：「他們獎勵我們，並不是因為照片，而是因為我們的報道！」

攝影師氣憤地反駁道：「沒有我的照片，根本沒有鼠會看**報道**！」

「沒有我的報道，照片根本就不會被刊登！」記者反唇相譏。

沒有我的照片，根本沒有鼠會看報道！

這時候，德露‧貝亞德打斷了他們的話，微笑着說：「文字和照片的戰爭啊……這可是一場決鬥呢！誰能贏呢？」

透過德露‧貝亞德灰色的眼睛，科萊塔迅速捕捉到一絲一閃而過的敵意。

俏鼠菲姝妹終於到了為她們預留的桌子旁。

「太失望了！」潘蜜拉忍不住說，「我本以為魯斯科和托尼‧陶百羅是一對非常要好的朋友呢，可是……」

「你說得對，恐怕他倆的合作持續不了多久了！」妮基傷心地下了個結論。

德露‧貝亞德
年度記者

德露‧貝亞德

她是一位剛剛嶄露頭角的電視記者。她的出名要歸功於她的個人魅力和她大膽進取的作風。

零重力

第二天**早上**，科萊塔、潘蜜拉、薇歐萊特、妮基和寶琳娜都很早就起牀了。因為她們要進行很多項**身體檢查**，有些還需要空腹進行！

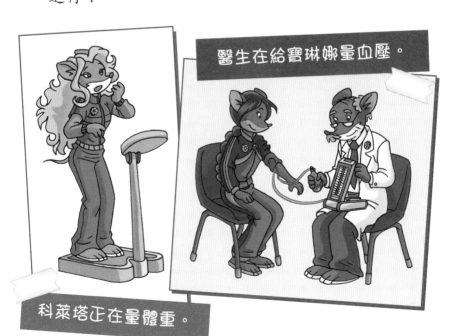

醫生在給寶琳娜量血壓。

科萊塔正在量體重。

妮基正在忙着做耐力測試。

薇歐萊特和潘蜜拉
在檢測視力。

　　面對這樣一次特殊的 **旅行**，她們必須具備 *最佳的* 身體狀態。

　　下午，拿破崙為菲姊妹準備了一個大驚喜。

　　「我的女孩們，現在我們 **起飛** 吧！」

　　此時，一架飛機已經在跑道上做好了準備。「我們去哪兒？」寶琳娜問。

　　大富豪摸着 **鬍子**，神秘兮兮地笑着道：

　　「去上邊……然後向上一點兒……再向下一點兒……」

為了保持**神秘感**，不論女孩們怎麼提問，拿破崙都不回答。

菲姊妹只好找到座位坐下，然後耐心地繫上安全帶。

飛機*起飛*後，拿破崙邀請女孩們去另一個機艙。那是一個很大的機艙，裏面空蕩蕩的，有白色厚**軟墊**的牆壁。

他們一進機艙，拿破崙的眼睛裏就閃現出比平時更意味深長的光芒⋯⋯

「**救命啊！發生什麼事了？！**」科萊塔抓着潘蜜拉尖叫起來。

薇歐萊特、寶琳娜和妮基也一個抓着一個，**驚恐**地大喊大叫。

「大驚喜！！！」拿破崙在空中盤旋着，翻着跟斗大喊道，「我們現在在零重力下，就和在太空裏是一樣的！」

這種失重狀態只持續了一小會兒，拿破崙和女孩們就一起**掉落**在厚厚的地板上。

他們在無**重力**狀態下持續了30秒!

「很好玩吧?」拿破崙站起身來問她們。

「太奇妙了!」潘蜜拉大喊道,「不過,要是您提前和我們說一聲,我們還是會很開心的!」

拿破崙**笑著**討饒道:「請你們原諒我吧!但是如果你們能看到自己臉色大變,也會覺得很好玩的。**哈哈哈!**不管怎樣,這還沒結束呢。你們要做好準備,很快就會重新再來一輪的!」

拋物線飛行

拋物線飛行的效果是通過高性能飛機做連續的拋物線飛行而實現的。這種飛行能產生重複的失重環境,同時讓人體驗短暫的太空失重感覺。

NASA(美國國家航空暨太空總署)組織過一次收費的拋物線飛行活動。當時有25名乘客,在同一時間體驗這種飛行。在兩小時的飛行過程中,人們能體驗40次拋物線飛行。具體說來,就是先讓飛機飛行到距離地面**九千到一萬英尺**以上,然後停止並下降做拋物線運動,這樣可以在飛機裏營造出持續大約30秒的失重環境。

蜘蛛機械人

接下來的幾天，所有的參加者都比之前更加緊張和**勞累**。

菲姊妹和其他伙伴要學習如何在**失重**狀態下移動，而且是在穿着厚厚的太空衣和帶着傳感器的情況下。

僅僅是穿衣服就已經……**很奇怪**了！

潘蜜拉和德露·貝亞德忽然像老鷹一樣大聲尖叫起來，因為她們看見了一種像蜘蛛一樣的小**機械**人在往她們身上爬。

「這些都是非常有用的機械人！」拿破崙·史密斯竭力想要說服她們，「穿着太空衣的過程非常複雜，因為衣服上有很多導線、管道和插頭需要接駁安裝。哪怕是一個很小很小

的**錯誤**也可能在太空導致很大的災難！這些小機械人的速度**很快**而且非常聰明，它們會保證大家的安全。」

　　但他解釋的效果只能持續一小會兒。德露‧貝亞德和潘蜜拉一看到那些蜘蛛機械人接近她們，就**非常害怕**。有什麼辦法呢？

　　薇歐萊特拿起一個小機械人放在手上，說：「我覺得它們挺可愛的！」她用手指撫摸

太空人的裝備

壓力

為了探索月球，人類必須「隨身攜帶」自己的生活環境，因為月亮上沒有**大氣壓**。壓力服能為太空人提供壓力、溫度和呼吸所需要的空氣。

增壓

為了維持內部壓力高於外界壓力的環境的操作。例如加壓的，太空人需要一些用來增壓的設備，太空衣和太空船。

壓力服

在太空船上有氣壓控制系統，該系統可以讓太空人在沒有太空衣的情況下移動。在火箭發射和再次進入大氣層時，會有失去壓力的危險；因此需要使用特別的太空衣服來保護太空人的安全，這種服裝就是「壓力服」。壓力服能夠調節太空人身體所需要的壓力。每件太空衣都是為太空人度身訂做的，因此太空人必須保持體重。

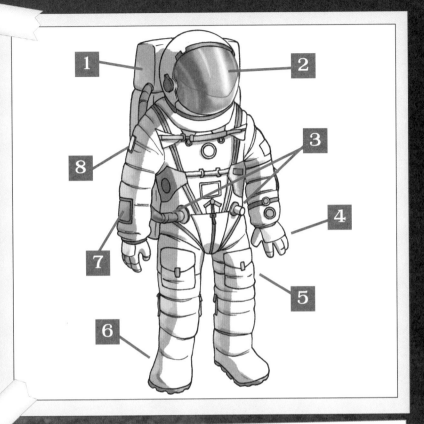

1	初級生命支持系統	5	多用途口袋
2	太空活動頭盔	6	靴子
3	輸送氧氣管道	7	控制面板
4	壓力手套	8	太空人的名牌

着小機械人就好像在撫摸她的寵物小蟋蟀**弗利里**一樣。

　　科萊塔仔細地觀察了蜘蛛機械人一會兒，説：「是的，沒那麼糟糕，但是……還可以更可愛一點兒！」

　　她從一直帶在身上的手袋裏，拿出一些粉紅色的小髮飾，上面鑲有絹❀花和彩球；然後她將這些小髮飾戴到小機械人身上，説：「這樣機械人就完美了！」

　　「哈！哈！哈！」潘蜜拉大笑起來，「這下沒有鼠會害怕帶着小髮飾的蜘蛛機械人啦！」

　　穿上太空衣後，十二位太空鼠必須跳入一個巨大的**游泳池**裏。教練説，潛水是練習無**重力**狀態時移動的最好方式。

　　菲姝妹最先跳了下去。

撲通！撲通！撲通！

撲通！撲通！撲通！

接着輪到三位投資者——鮑爾、納古拉和特里梅因跳水的時候，則出了一點兒小狀況。他們一動不動地站在游泳池邊上，猶豫不決。

魯斯科鼓勵他們道：「加油，跳下去吧！」

「你終於發現比你還膽小的鼠了？」托尼·陶百羅對魯斯科高聲譏笑。隨後，他向德露眨了眨眼睛，補充道：「有一次，我們深入巨人坑時，他嚇得臉都變青綠了，我不得不時刻待在他身邊安慰他！」

魯斯科憤怒地反駁道：「那你呢？那次跳傘你嚇得連降落傘都打不開了，我不得不在飛行中一直抓着你！」

最後，鮑爾、納古拉和特里梅因一起把心一橫跳了下去。也許他們是厭煩了旁邊兩個鼠無休止的爭吵吧！

五星級太空飛船

　　經過兩周的訓練後，他們終於可以參觀飛船了。那是一艘即將帶着拿破崙‧史密斯和他的客人們去**太空**的飛船。

　　包括拿破崙‧史密斯、亞瑟‧金教授在內的13位**成員**一起登上了這艘五星級太空飛船。

　　這是一艘採用了最新科技和設計理念的太空飛船。這艘太空飛船跟之前的飛船不同之處在於，它可以停靠在普通機場，並在短時間內做好所有執行新任務的準備工作。

　　俏鼠菲姊妹非常激動。拿破崙興奮得看起來年輕了十歲！三位投資者也非常激動，有一刻他們竟然把**平板電腦**放在一旁！

　　唯一沒有變化的是魯斯科和托尼‧陶百

羅。他們還在繼續**爭吵**，試圖吸引德露·貝亞德的注意力。

這艘五星級太空飛船十分漂亮舒適，內部的裝飾設計大有來頭，是由著名的意大利設計師所設計的。因此，即使是**嬌氣挑剔**的德露，看到這一切，也無法掩飾內心的欣賞和驚歎！

「哦，托尼，給我拍一張躺在這個漂亮的***chaise longue**** 上的照片！」她一邊躺在其中一個漂亮的軟墊座椅上，一邊**歎息**着說，「這照片可以給我們的旅遊書做封面……你們覺得呢？」

*法語詞彙，即貴妃椅，指一種帶扶手的躺椅，椅子較長，讓人能夠把腳也放在上面躺臥。

「太美了！」托尼一邊拍着德露各個角度的照片，一邊回答道。

魯斯科假裝沒聽見，不過寶琳娜注意到他的鬍子在**微微抖動**，他像其他鼠一樣，坐到自己的座位上，並繫上安全帶，等待出發。

妮基開始感到不舒服了。

在封閉的環境下，加上侷促的太空衣、頭盔和繫緊的安全帶，這些讓妮基快要哭了——她不喜歡封閉狹窄的空間！

當妮基脫掉頭盔並鬆開安全帶後，就馬上感覺好多了。但是，她感到**很不安**，因為她害怕被當作**愛哭鬼！**

「我們不會取笑你的！」拿破崙微笑着安慰她道，「相反，你這樣的反應對我們來說是很寶貴的信息！因為在以後的太空旅行中，

同樣的問題也會發生在其他旅客身上。我們必須找到解決方案！」

「我提議，大家去吃飯吧！」潘蜜拉打斷了他們的談話，「現在該吃午飯了！」

所有鼠都贊成她的提議，就連那三個投資者也點了點頭。

只有德露輕蔑地看了看妮基和潘蜜拉，低聲說了一句：「真沒用！」

然後，她甩開了挽着托尼的手臂。

真沒用！

爭吵、抱怨和……解決方案！

在為期一個月的訓練結束後，這羣乘客之間的關係真的……糟糕極了！

儘管有拿破崙・史密斯充滿熱情的感染力、他的助手菲奧娜親切的關心以及天堂般的島嶼上的優質服務，乘客之間的關係卻糟糕得不能再糟糕了。不過，此時想要換隊員已經為時已晚了。

三個投資者自動組成一隊，在不斷地抱怨項目的花費太高。而那些著名記者時常為一些微不足道的小事提高嗓門，大肆爭吵。

德露・貝亞德在訓斥機械人服務員，因為她認為它們沒有對她的命令作出快速的反應。

托尼為了吸引德露的注意，時常展示自己的肌肉和力量；而魯斯科也不停地向她獻殷勤，想要讓自己的好朋友嫉妒他。

　　這樣一來，最後他們往往會吵起來。

　　此時的**菲姊妹**在盡最大的努力為旅行做周全的準備，比如互相幫助。

魯斯科

托尼·陶百羅

德露·貝亞德

薇歐萊特和寶琳娜想到一個幫助妮基面對狹窄空間，減低恐懼感的辦法，於是她們去找金教授幫忙。

　　寶琳娜向教授解釋道：「妮基習慣了澳洲空曠寬敞的環境，現在，她能控制住自己的**恐懼**，已經表現得很不錯了！」

　　「我一點兒都不覺得！」金教授撇了撇嘴評價道。

　　「真的，是這樣的！」寶琳娜堅持道，「但要穿上太空衣，用安全帶把自己捆在椅子上，對誰來說都不是件容易的事。」

　　薇歐萊特切入主題，說到重點：「我們請求您做一個科學實驗。請您讓她通過耳機聽一些輕柔和放鬆的音樂⋯⋯」

　　「另外⋯⋯」寶琳娜接着說，「在妮基的頭盔裏，請您給她放映一些大自然的、有着

開闊明亮的空間的圖像，比如沙灘和這座島附近的大海。」

金教授點點頭，喃喃自語道：「嗯⋯⋯我可以把頭盔的面罩做成一個小熒幕⋯⋯」

「是的！」寶琳娜激動地大喊起來，同時她在教授的臉頰上留下了一個熱情而感激的吻，「金教授，您真是個天才⋯⋯」

啵！

幾天後，大家都準備好要出發了！

八分半鐘

這是一個晴朗的日子，還有些微風，是**發射**五星級太空飛船的理想時間。

一些「**星級**」乘客跟着航空乘務員走近直達太空飛船內部的**電梯**。參加這次首航的航空團員包括，一位駕駛員和兩名助理，以及機長金教授，還有拿破崙·史密斯和其他11位乘客。

寶琳娜轉身**望向**玻璃金字塔建築，她看見菲奧娜正在向他們揮手告別。

在太空飛船上找到各自的座位後，大家都比往常安靜了許多。

妮基沉浸在**輕柔的**音樂和投影

在頭盔面罩上的美麗圖像中，成為團員中最*安靜*的一個。

幾分鐘後，太空飛船開始**搖晃**。

起初，這種搖晃大家幾乎難以察覺，之後卻變得越來越**劇烈**。

「不要害怕，朋友們！」拿破崙安慰大家說，「這只是太空飛船在通知我們它準備出發了！*旅途愉快！！！*」

倒計時即將結束。

10——9——8——7——6——5——4——

3——2——1——

準備，出發，發射！

大氣層是指包裹着地球的那層氣體。有些氣體分子被天體本身的重力所牽引，會在天體周圍形成大氣層。為了能迅速離開地球大氣層，太空飛船從地面到 200 公里的高空要走八分半鐘，此時的速度要達到每小時 28,000 公里！

轟轟轟轟轟轟轟轟！！！

出發！！！

太空飛船的加速度越來越大，旅客們胸口感受到的壓力也越來越大。

雖然大家做了一個月的準備和練習，但在這種情況下要保持絕對安靜幾乎是不可能的！

「八分半鐘！只有八分半……」潘蜜拉不斷重複着這句話安慰自己。

女孩們已經知道，太空飛船需要八分半鐘擺脫地球重力的牽引，然後火箭推進引擎才會停止。

漸漸地，薇歐萊特再也無法忍受了。她説：「這八分半鐘是不是過不去了？」

她的話音剛落，突然……

她什麼都聽不到了！

推進引擎熄滅了，胸部的壓力消失了，大家都感到突然渾身一下子輕鬆了。

「哇！」潘蜜拉一邊解開緊繫的安全帶，一邊大喊。

妮基馬上照做不誤。

其他鼠也紛紛解開了安全帶。他們開始飄蕩在空中了！

「啾！啾！啾！」魯斯科笨拙地拍打着自己的手臂，像隻小鳥一樣快樂地吱吱喳喳飛翔着。

薇歐萊特、寶琳娜和科萊塔從窗戶向外望去。太空中的地球真的非常美！

在地球上，有一片片白雲、黃色斑點的沙漠、藍色的**海洋**、綠色的熱帶雨林，暗灰色的山脈和兩極的銀色冰川，真是讓鼠難以置信的壯麗景象！

而在這一切的周圍，是**漆黑**的宇宙！太空飛船正以驚人的速度遠離着這一切。不過，在他們看來更像是地球在逃跑，地球離太空飛

船越來越遠，便變得越來越小。

「地球周圍的大氣層很薄……就像一層紗一樣！」寶琳娜的聲音因**激動**而顫抖着。

科萊塔**眼中**閃爍着激動的情感，說：「我這輩子從沒看過這麼美麗的景象！」

潘蜜拉和妮基正在她們身旁手舞足蹈地飄浮在空中。

「你們啊！」寶琳娜和科萊塔對她們招手。

忽然，潘蜜拉和妮基注意到姊妹們正在觀看的外面的景象，愣住了。

潘蜜拉**驚訝**得張大了嘴巴。

妮基則舉起隨身攜帶的相機拍下了那**永恆**的一刻。

從地球到月球！

　　太空飛船需要航行四天的時間才能到達月球。

　　菲姊妹和拿破崙很愉快地度過了這四天。他們陶醉於周圍浩瀚宇宙的**迷人景致**中。至於其他鼠，那種進入太空的激動心情在他們身上並沒有持續太久。

　　儘管大家出發前做了很多**水下**訓練，但要在失重狀態下輕鬆地移動，對他們來說還是很困難。

　　大家不是**撞**到什麼東西，就是撞到其他鼠身上。

啊！

哦……

砰！ 砰！ 啊！ 砰！

對不起！看清楚吧，你往哪邊飛呢？！

　　這些碰撞的聲音和對話此起彼落，基本
上，這是一次精彩的電影配樂**旅行**！

　　在飲食方面，儘管乘客們的餐單是由一位
法國名廚精心主理的，但德露·貝亞德仍不
滿意，總是嘲諷食物的品質。

太空食品

　　太空食品都儲存在「**太空廚房**」（一
種多功能的食品加工和儲存櫃）裏。太
空食品都是脫水食品；太空人要把食物
放在一個碗形容器中，用注射器注入一
定量的水，然後加熱，才可食用。在
太空吃飯，要避免邊吃邊說，因為食
物碎屑一旦飛出嘴巴，飄在餐廳或者
生活艙裏，很容易讓太空人不小心吸
入鼻腔嗆到肺裏，而導致生命危險。

這蛋糕太美味了！

而魯斯科則剛好相反，他很欣賞廚師的食物。

托尼聽後**責備**他道：「還在吃！再吃的話，你會消化不良的，就像那次在亞馬遜森林出任務時你感到不適的情況一樣！」

「哦，不要在那兒**囉嗦**了！美味的食物能給我靈感，讓我寫出好文章！**嗯！好吃！**」魯斯科往嘴裏塞了一塊甜餡餅，接着反駁托尼說，「我都寫了三篇報道了，你呢？！」

此刻，三位投資者在繼續計算、做**圖表**，並問了拿破崙一大堆問題。他們想知道所有與**建造**太空飛船相關的資料。

適應太空

在月球上，沒有重力可能對太空人的身體產生負面影響，比如會削弱了**骨骼和肌肉活動能力**。這就是為什麼太空人必須每天做至少兩小時的運動以鍛煉身體。

另外，在太空飛船上或空間站裏，沒有上下位置之分。這對於太空人來說可能有點兒不適應，但當他們習慣了太空環境後就好了。

魯斯科坐在天花板上。對他來說，這樣和坐在下面並沒有分別。
而在他的角度看來，托尼則正倒掛在健身單車上。

　　到了第四天，就像預計的那樣，太空飛船進入了**月球**軌道。

　　拿破崙請所有團員都坐到各自的座位上，然後**莊嚴**地宣布道：「朋友們，是時候了！」說着他的眼神格外明亮，只聽他接着大聲說，

「我們馬上就要登陸月球了！」

各位先生、女士，登陸了！

拿破崙的話讓這些旅客感到很震撼。正如拿破崙所**預料**的一樣，大家的反應很有趣！

「**什麼？！**」德露·貝亞德尖叫了一聲，同時從椅子上**跳起來**飛到天花板上，還撞到了頭。

旁邊的托尼殷勤地拉了她一下。

魯斯科則開始抱怨起來：「沒有鼠告訴過我們還要登陸**月球**啊！我以為只要在月球周圍轉一轉就行了！」

「不行！不包括這個！預算中沒有這一項！！！」三位投資者一邊看着他們的平板電

腦，一邊異口同聲地**抗議**道。

　　寶琳娜有禮貌地問：「這就是您承諾給我們的**驚喜**？」

　　「是的！」拿破崙點點頭，「如果你們往外看，馬上就能**親眼**看見這份『驚喜』！」

　　妮基和潘蜜拉已經把臉貼到舷窗上：「什麼都看不到！一片**漆黑**……」

　　「我們要看的在**月球**背面。」拿破崙解釋道，「還需要一點兒時間我們才能到達**背面**，那兒是我們在地球上看不到的……」

忽然，薇歐萊特**嚇了一跳**，指着遠處喊道：「下面有光！」

拿破崙看了看，莊嚴地宣布道：「各位先生、女士，這就是……**迪塔尼亞！**」

太空飛船離光源越來越近，月球表面

月球黑暗面

月球在圍繞地球公轉的同時，也繞着其自身的軸線旋轉，就是説，月球的自轉周期和公轉周期是一樣的。因此，月球總是將正面朝向地球，而人類從來沒有看到過月球的另一面。我們把月球看不到的另一面稱為「**黑暗面**」，也就是隱藏的一面。

也越來越**亮**。最後，太空飛船靠近了，大家才看到那兒有一個金字塔形的大建築和幾個小型建築。

妮基**觀察**得很仔細，她分析道：「很像寶塔萊的金字塔建築，但似乎比那個更大！」

「好啦，別讓我們再猜了，拿破崙！」德露忍不住了，「那到底是什麼?!」

拿破崙微笑着**驕傲**地回答：「迪塔尼亞是第一個，也是到目前為止宇宙中惟一的月球上的度假村！」

「太空飛船將在月球表面着陸？」魯斯科問。

「不，**很遺憾**不是！」拿破崙回答道，「供大型太空飛船的着陸通道還沒有修建好……」

「那麼我們怎麼着陸呢？**飛下去**嗎?!」德露尖酸地**打斷**他。

「船舷上，有兩艘小型的飛船。我們將使用小型飛船降落。」拿破崙平靜地回答她。稍後，他又微笑着補充道：「如果有誰不願意這樣降落的話，可以留在太空飛船上。但這樣的話，等回到地球，可就沒什麼可炫耀的了！」

聽到這兒，德露突然發出噓聲，說：「任何一個記者都不會放棄這樣的獨家新聞吧？！」

此刻，正是德露要使計拆散魯斯科和托尼·陶百羅這對黃金拍檔的時刻，她會選擇留在太空飛船上嗎？

當然不會！

登陸月球！

　　在登上兩艘小飛船之前，大家都要**重新**穿上沉重的壓力服。

　　德露的心情很**糟糕**，她找了各種各樣的借口，開始不停地**抱怨**。

　　根據之前的安排，德露和金教授、魯斯科、托尼・陶百羅以及三個投資者會乘坐第一艘小飛船，拿破崙・史密斯和**俏鼠菲姊妹**則乘坐第二艘。

登月艙

　　太空人在月球上的登陸方式是通過從主體分離的小飛船來着陸，這個小飛船被稱為「**登月艙**」。第一個將人類帶到月球的「**阿波羅11號**」，就是把被稱為「**鷹號**」的登月艙從指令艙「**哥倫比亞號**」分離後，降落到月球上的「**靜海**」基地的。

但德露並不想乘坐第一艘小飛船，她說：「我不想第一個下去！而且一看見那三個拿着平板電腦的傢伙，**我就頭痛！**」

德露真是個小孩脾氣的女鼠！總是聽她**發牢騷**，薇歐萊特簡直受夠了！因此，她向拿破崙建議道：「我去第一艘小飛船吧，我和德露交換位置！」

「你真的**太好了！**」拿破崙很高興地說，「你可以和一個小伙伴一起過去！」

就這樣，從不分開的俏鼠菲姊妹在這關鍵的時刻不得不分成兩組。

這是他們登陸**月球**前的最後一個小插曲。

寶琳娜**跟着**薇歐萊特一起和德露、托尼交換了位置。

他們並不知道，事實上德露就是想要這樣的結果。她就是要遠離魯斯科，接近托尼！

然後，七個鼠乘坐太空飛船內部的電梯到了小飛船上。

小飛船的形狀很奇怪，就像兩個圓柱形的塔樓，上面有一個六邊形的圓頂。

他們先到達「圓頂」，這裏有一個舒適的小客廳。

當小飛船與主艙分離時，他們感到一陣強烈的**震動**；然後，小飛船載着他們開始慢慢

我們在月球基地上見！

接近月球，一切都很安靜。

宇宙**漆黑**一片，布滿了星星，看上去很**神秘**。

小飛船在月球上輕輕地着陸，以至於寶琳娜覺得他們好像降落在一個厚厚的**大羊毛林墊**上。

飛船的艙門打開了。周圍**突然**亮起強光，照得大家都睜不開眼睛。他們什麼都看不見，只能聽到一陣歡快的音樂聲。

而迎接他們的居然是……一個由**機械人**組成的樂隊！

太空事故！

　　當第一艘小飛船順利抵達的消息傳到太空飛船後，第二艘小飛船準備**出發**。

　　乘坐這艘船的是拿破崙、妮基、科萊塔、潘蜜拉、托尼和德露。因為第一艘小飛船登陸**月球**時一切順利，所以這艘船上的乘客們都很平靜、很放鬆。但是……

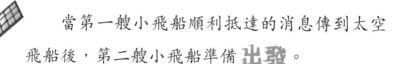

　　一個突如其來的撞擊引發了小飛船的劇烈震動，這讓大家產生了一種巨大的不安感。

叮咚，叮咚，叮咚，叮咚，叮咚，叮咚！

隨後，撞擊聲越來越小，叮叮咚咚，就好像外面在下冰雹！

陷入恐慌中的德露急切地問：「**發生什麼事了？！**」

「是隕石！！！」托尼大喊了起來。

潘蜜拉看到窗邊纏着一堆螺栓，分析道：「不是隕石！我們遇上了一大堆太空垃圾！」

一聽到碰撞聲，拿破崙就立刻開始使用無線電通訊和太空飛船聯繫！

轟！

太空垃圾

航天火箭發射時，會產生大量的space junk（英語，意思是太空垃圾）。這些垃圾可能對太空中的衛星造成嚴重的損害。今天來自世界各地的專家都在嘗試擬定一套在太空中必須遵守的規則，用來解決這個問題。

小飛船震動了一下，然後開始在半空中盤旋，緊接着開始急速降落。

啊啊啊啊啊啊啊啊啊啊啊啊啊啊啊啊啊啊啊啊啊啊啊啊？

全程潘蜜拉、妮基和科萊塔互相牽着手，給彼此勇氣和鼓勵。

片刻之後，小飛船在月球表面墜毀！

另一方面，在月球基地迪塔尼亞，此刻，薇歐萊特和寶琳娜正在唱一首秘魯歌曲。機械人樂隊的這個歡迎儀式真的非常棒！

音樂變換不停，從搖滾到爵士再到阿根廷探戈！大家根據不同的音樂風格不斷變換着舞步；此外，機械人還根據音樂的韻律改

機械人海爾

機械人海爾，由美國研究人員開發設計。這機械人不僅會敲架子鼓，而且因為有傳感器，它還可以聽到自己敲鼓的聲音，然後用於學習改進技術。

變着造型和顏色，為他們助興！

　　由於他們身上戴着在寶塔萊島上使用的通訊器也可以和迪塔尼亞的機械人通話，所以，此時寶琳娜命令機械人再*彈奏*一曲她家鄉的歌謠。

　　其實，大家停留在「月球港口」大廳裏，只是為了等候第二艘小飛船的**到來**。

　　但是，亞瑟・金教授離開了一小會兒，**回來**後他通知大家説：「我們先去參觀一下**施工**場地！」

　　魯斯科搶在薇歐萊特和寶琳娜前面問：「難道我們不等其他鼠了？！」

線索！

　　金教授回答道：「這個時刻，你們的**朋友們**肯定已經降落在月球某處了。我們沒有必要再等下去了！再説，一輛月球運輸車也裝**不下**所有鼠。我們先過去，這樣過一會兒他們才能有車坐。**我們走吧！**」

　　説完，他果斷地出發了。大家也只能跟着他走了。

 為什麼金教授急於在第二批團員到達「港口」之前出發呢？

安然無恙，但是……

　　與此同時，拿破崙、妮基、科萊塔、潘蜜拉、托尼和德露一個接一個地從陸士滘的小飛船裏出來了。

　　他們在**震驚**中吃力地走在月球表面，走

得跌跌撞撞的。因為他們每走一步都會因為月球上的弱重力再**反彈**回去一點兒。

幸運的是大家都安然無恙！

幸好他們身上厚重的太空衣，結實耐磨，起到了很好的保護作用。

另外，月球上的**砂質土壤**和弱重力（低於地球上重力）也起了很好的緩衝作用。

但很遺憾的是，小飛船已經不能使用了，還有無線電的**線路**壞了！他們離迪塔尼亞基地還有差不多60公里的距離！

「嗯，要麼多一公里，要麼少一公里……」拿破崙仔細研究着屏幕上一個非常詳細的可折疊地圖，有些**沮喪**地說。

德露憤怒地說：「好吧！那就應該趕緊呼救，不要這樣一路走過去！」

「難以置信！」托尼檢查着**地面**說，「借助**弱重力**，我們能夠勉強地移動自如了！」

拿破崙試着給大家更多一些信心，他說：「雖然小飛船上的無線電不能**運作**了，但太空飛船一定已經通知迪塔尼亞上的金教授了！只不過……他要找到我們要費點功夫。我建議我們先使用小飛船上的*moon rover**。」

「moon rover？！那是什麼？是一種月球上的越野車嗎？」潘蜜拉非常感興趣地問。

拿破崙點點頭，說：「是的，一種比較常見的交通工具！確切地說是一種在月球上比較常用的交通工具。希望這個沒有**損壞**！」

「別擔心！」妮基說，「帕咪是一個優秀的機械師……修理機器沒問題的！」

看見女孩們在這種困難時刻表現出的信心

**Moon rover*出自英文動詞「*to rove*」，意思是漫步，「*moon*」是英文中月球的意思。

和熱情，拿破崙微笑起來，然後他轉向托尼·陶百羅，說：「托尼，拜託了，請您幫我把小飛船修理好……」

月球車似乎沒有被摔壞，發動機馬上就啟動了。

這真的是他們從未見過的交通工具，潘蜜拉突然很想開一下月球車。但是，她沒有膽量去問拿破崙，因為此時他已經坐上了駕駛員的位置。

「嗯，這是什麼？」潘蜜拉指着儀錶盤上很多按鈕中的一個問拿破崙，「看起來像無線電！我們不能用這個嗎？」

「當然可以！這的確是一個雙向無線電設備！」拿破崙拍了拍

自己的頭盔，大喊道，「月球上的所有交通工具上都有這個，我怎麼竟忘了呢？！」

　　很遺憾，他們一遍又一遍地呼叫迪塔尼亞基地，但是一直沒有回應。

　　「這個應該也**損壞**了！」拿破崙失望地判斷道。

　　科萊塔安慰他說：「嘿，我們別浪費時間了！***走吧！***」

他們出發了，繼續行走在崎嶇的月球大陸上……

……慢得像蝸牛一樣！

 無線電也壞了。一連串的不幸事件令人難以置信！

飛躍到未來

　　而此時，另外一組成員正乘坐月球運輸車**快速**向前行駛。這種月球運輸車是*前衛*的設計，是一種在金屬軌道上滑行前進的交通工具。

　　他們絕對想不到此時第二組伙伴們已經陷入了**困境**！

　　金教授引導着大家前去參觀施工場地。儘管這裏一片**黑暗**，但工地上是一派熱火朝天的景象。他介紹道：「這裏是運動區！**游泳池**和健身室差不多快完工了。我們還將建立一個適合在月球**弱重力**環境下玩耍的**遊樂場**！」

　　所有工作都是由**機械人**負責的。只不過，它們各自的工作內容卻有很大差別，因為每個機械人被編入的工作任務程序都不一樣。

　　此刻，因為參觀者的到來而打開了工地照明燈。明亮的控制板散發出一層玫瑰色的光，讓人感到寧靜和愉快。

　　「這兒總是這樣嗎？」三個投資者中的一個困惑地問。

　　「這樣的照明設備非常昂貴，要花很多錢的！」第二個鼠**大驚失色**。

「機械人要耗費多少電能啊？」第三個鼠**擔憂**地打聽。

金教授第一次放下自己嚴肅的面孔，微笑着回答他們：「機械人能夠自己製造工作時所需的能量。它們從風化層中提取能量，這種風化層是覆蓋整個月球表面的一種沙子。至於照明……」

金教授在一個供電板附近停了下來，指着它說：「你們仔細觀察一下！這兒並沒有電燈，是材料本身在發光。整個迪塔尼亞基地四面的牆壁使用的都是這種材料。」

月球表面元素

月球表面被一層灰塵和被稱為「風化層」的岩石碎片覆蓋着。風化層含有豐富的氦，是一種人們正在研究、想要作為能量源使用的元素，例如它可作為火箭燃料使用。

未來的照明光源

　　根據美國一些科學家的發明，未來電燈的光源可能出自牆壁、家具，甚至是枕頭！

　　魯斯科拿起攝錄機說：「太不可思議了！！！就好像生活在未來一樣……」

　　「是的！」金教授點了點頭，「迪塔尼亞就是未來世界！」

　　「但這兒真的一直是黑夜嗎？」三個投資者中的一個固執地問。顯然，他對於月球的了解不多。

　　薇歐萊特當即回答他：「一個月球日會持續約29個地球日。這就意味着根據地球的時間，在月球上，白天和黑夜的交替……我看看……大約有14.5天是白天，剩下的都是黑夜*！」

*仔細觀察第25頁的月相圖案，你會發現薇歐萊特說的是對的！

最後，第一小組結束了一天的探秘之旅，回到了酒店。直到這時，大家才意識到，第二小組至今仍沒有到達迪塔尼亞。

向下，一直向下……

同一時間，月球車已經駛離墜毀的小飛船。因為月球表面崎嶇不平，這導致他們不僅車速很慢，還上上下下地一路顛簸。

噹噹　噹噹　噹噹　噹噹

「如果以這個速度行駛，我們可能要一年以後才能到達基地！那還不如留在原地等着救援呢！」德露抗議道。

這次大家沒有再說她的話沒道理了。

拿破崙很洹喪，他抱歉地說：「沒有法子比這個速度再快了……」

「我能看一下發動機嗎？」潘蜜拉問道，「也許在下降過程中發動機受了點兒損壞。如果是這樣，我也許能修好它。」

就這樣，潘蜜拉開始工作了。

只是她穿着**太空衣**並帶着大手套，在太空中工作很不容易！扳手不斷地從她手裏飛出去，**螺栓**也淘氣地在空中盤旋。

　　托尼主動給她當助手，因為他也很熟悉發動機。

　　經過一番檢查，他們果然發現了幾個小零件的問題。潘蜜拉想辦法**修理**好了這些零件。

　　然後，月球車再次被啟動……

哇哦！哦哦哦！哦哦哦！

　　「這樣好多了！」潘蜜拉滿意地大喊。隨後，她滿懷**希望**地詢問了一句：「這次能讓我當駕駛員嗎？」

　　拿破崙非常樂意地讓出了手裏的方向盤，並笑着說：「潘蜜拉，你真是位優秀的『月球機械師』！**哈哈哈！**」

潘蜜拉全速啟動了月球車，說：「我們要*飛速*補回和基地相差的這60公里！」

但很遺憾，她馬上就發現在月球上並不適合**高速**行駛。

在這個滿是**石頭**和環形山的地面上，再加上更重要的一點──弱重力，如果高速行駛，月球車和車上所有乘客都會有危險！

事實是，月球車爬了一個大坡後，就在一座山上空轉了一圈。就好像上了一個發射台，直線飛升到天空中！

在空中飛了幾十米後，月球車重新落到地上，但是不巧它落在了一個大陡坡

「剎車！帕咪……剎車！！！」科萊塔哀求道。

「我正在剎車！」潘蜜拉用盡**全力**踩着**剎車掣**，大吼着回了一句。

向下， 一直向下……

但是，月球車不再聽駕駛員的話了！車子持續向下滑……向下滑……越來越向下……

它一直下降到一個環形山底部！

現在有什麼能把我們拖上去嗎？

迪塔尼亞的囚徒

　　同一時間，在迪塔尼亞，金教授多次嘗試和第二艘小飛船取得聯繫，但都**沒有結果**。

　　「沒有回答！」他說。

　　「那麼我們聯繫太空飛船吧！」魯斯科擔憂地建議道。

　　但金教授**搖了搖頭**：「這是不可能的！現在它正在圍繞着月球**轉動**。此刻，也許他們正位於衞星的**另一面**，需要一段時間來重新穩定他們的無線電設備。」

寶琳娜簡直無法相信自己的耳朵，她**脫口而出**：「我們不能乾等着**什麼都不做**！他們一定是發生了什麼事！」

金教授好像在對一個驚恐的**小朋友**說話一樣，他*冷靜地*、一字一句地告訴寶琳娜：「太空飛船上有先進的安全系統。如果小飛船上發生了什麼事，我會收到警報通知的！而到現在為止我還沒收到任何消息。」

「但我們的伙伴們一直沒到這兒啊！」寶琳娜頂着一張因為**激動**而漲紅了的臉反駁道。

「也許是他們還沒出發呢？」金教授耐心地安撫她。

「又或者是他們遇到了什麼情況，不得不緊急降落！」薇歐萊特做了個假設。

金教授越來越**生硬**和憤怒地說：「如果是這樣的話，他們可以乘坐月球車，那是一種上面有**無線電**通訊系統的月球交通工具！」

但薇歐萊特並沒打算放棄，她平靜而禮貌地提議道：「至少，我們可以出去**巡查**一下……」

「女孩們說得有道理！」魯斯科贊同地說，「我看到倉庫裏有一些交通工具，我們可以乘那些交通工具出去仔細尋找一下！」

線索！

「**絕對不行！**」金教授臉色大變，厲聲說，「誰都不准動月球車！而且我嚴格禁止任何鼠離開迪塔尼亞！」

然後他叫來了三個機械人看守，並且命令它們守住每個**出口**。

118

在確認沒有任何鼠能出去後，金教授補充道：「我要保證你們的安全，而且我要把你們健康、安全地帶回地球！現在，拜託大家都回房間休息吧。我們都**很累了**。」

三位投資者毫不猶豫地服從了教授的意見。

魯斯科、寶琳娜和薇歐萊特心有不甘地**跟著**他們回去了。但兩個女孩現在還不想睡覺：她們實在是太擔心**朋友們**了！

因此，她們假裝回到房間，實際上她們從另一個門口出去，偷偷地溜到倉庫裏。

女孩們一到那個**燈光**昏暗的倉庫，一把聲音就在她們身後響起：「誰在那兒？」

這讓她們**嚇了一跳**。

金教授堅持不出去巡查……當他說沒有什麼可擔心時，他是真心的嗎？

「魯斯科先生？！」薇歐萊特**轉過**身去，既驚訝又寬慰地喊道，「您在這兒做什麼？！」

「做你們要做的事！我可不聽他的命令！」魯斯科**冷笑**着回答。

「我們的朋友可能處在**危險**中，我們怎麼能上牀睡覺！」寶琳娜仍在憤慨地抱怨教授的安排。

這位著名記者的話不再那麼冷漠了，他點了點頭，説：「你們**真勇敢！**」然後，他又有些懷念地補充了幾句：「你們很像我和我的拍檔年輕的時候。曾經有好多次，托尼奮力把

我從困境中救出來！在大學時代，我們曾經形影不離的……」

他頓了頓，回到正題上來，說：「好了，走吧！我們開始行動吧！你們知道怎麼啟動月球車嗎？」

「我們沒有開啟電源的鑰匙……」寶琳娜查看了一下，有些疑慮地說。

魯斯科繞着月球車轉了一圈，然後說：「嗯。這車上連插鑰匙的鎖孔也沒有。」

薇歐萊特總是能從爺爺奶奶那些智慧的話語中找到靈感。她思索了很久，然後說道：「爺爺常說，『善良是打開所有大門的鑰匙！』嗯……直到現在，通訊器一直在執行着我們的命令。所以，我們不妨試一下……」

說着，她碰了碰通訊器後，她下達了一個指令：「月球車，請把門打開！」

門開了。

「哇！行得通！！！」寶琳娜跳上車，欣喜地說。然後，通過通訊器下達指令：「月球車，現在發動引擎！」

「太好了！」魯斯科讚歎道，「現在，只要我弄清楚怎麼開就行了⋯⋯」

「您同時還要弄清楚儀錶盤上的這些 按鍵 有什麼用。」薇歐萊特說，「我和寶琳娜負責把門口站崗的機械人引開。」

機械人對陣機械人

負責看守的機械人**堅定地**站在出口旁邊。

對於薇歐萊特**這種**請求出去的命令，看守的機械人果斷地回答：「首要指令，任何鼠都不能出去！」

寶琳娜聽後很驚訝：「機械人把金教授的話作為第一指令了，看來即使我們使用**通訊器**也無法更改它。」

說完，寶琳娜認真地思考着，想要找到解決方法。她問薇

歐萊特：「你爺爺有沒有説過什麼好辦法，恰好可以幫我們對付頑固的機械人？」

薇歐萊特笑了笑，然後她突然記起了什麼，説：「嗯……有一次我堅持不願意參加一個大聚會，爺爺對我説了一句話，『實心的南瓜不會比空心的南瓜好多少！』」

她指了指看守機械人，解釋道：「也許它們身上有非常聰明的程序，但是我覺得它們其實是不會思考的。我們試試轉移機械人的注意力吧？」

寶琳娜高興地説：「你説得有道理！我知道怎麼做了！」

她抓住薇歐萊特的手，拉着她再次進入倉庫，説：「接下來要看魯斯科能不能駕駛月球車了……我們用音樂試試！」

薇歐萊特困惑地問：「音樂？！用音樂是什麼意思啊？」

「我們用機械人樂隊來吸引

看守機械人的注意力！」

一刻鐘後，魯斯科啟動了月球車，車上載着機械人樂隊，演奏着嘈雜**粗俗**的音樂，試圖強行闖出閘口，這彷彿激怒了看守的機械人！

正如薇歐萊特之前說過的那樣，看守的機械人並沒有**先進的**人工智能，它只是忠實地執行禁止出去的指令，一直跟隨着那輛大聲放着音樂的月球車，而忘記了在門口站崗的指令。

魯斯科把那輛月球車開到最高速度，然後從車上跳了下來，而看守的機械人仍然緊緊跟隨着那輛車。

於是，他跳上第二輛月球車，兩位**菲姊妹**正在車上焦急地等着他。

一切就緒後，**薇歐萊特**說出了神奇的「咒語」：「打開大門！」

大門開了。他們**自由了**！

寶琳娜着迷地看着儀錶盤，上面有很多配件。其中一個很像……無線電！

　　她把它打開。顯示屏上出現了一個很短的功能表選項，其中一個寫着：「基地外部：最遠500公里。」

　　寶琳娜判斷道：「也許，這是能和基地外部取得聯繫的最遠距離！」

　　她按了一下顯示屏，無線電調處在一個特定的波長。

嗶嗶嗶
　嗶嗶嗶
　　嗶嗶嗶
　　　嗶嗶嗶
　　　　嗶嗶嗶
　　　　　嗶嗶嗶

比以前更親密的朋友！

與此同時，六位探索小飛船「遇難團員」終於把月球車推出了環形山。

弱重力的環境幫了他們一把：如果是在地球的**地面**上，這幾乎是不可能的事情！不過，即使是在**月球**上這也是一個很費力氣的工作！

「**呼**！」當大家暫停下來休息時，科萊塔重重地喘了口氣。

「再用力點兒，**懶蟲**！」妮基對她說，「你不想跟那個只會**傻笑**的德露一樣，袖手旁觀看着大家辛勞吧！」

科萊塔抬眼**望向**女記者，她正獨個兒站在環形山邊上欣賞周圍的風景呢。

科萊塔振奮了一下，鼓勵大家說：「我們加把勁！就差一點兒了！」

終於，他們把車推出了環形山。拿破崙和潘蜜拉坐在地上**嘿出了一口氣**，其他鼠也坐了下來休息。

科萊塔把視線投向遠處。她看到太空中藍色的地球，明亮而遙遠。此時的她有些想家了。

忽然，她看到下面遠處的「地平線」上揚起一團**白色的**粉塵，還有一束會移動的光。

科萊塔凝神緊緊盯着遠方，想要看清楚。

「**那下面**有一輛車！」她大喊道，「他們來接我們了！」

就在那一刻，月球車上的無線電響了起來。

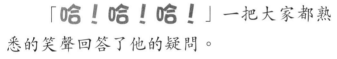

托尼是第一個拿起收聽器的人。

「**喂？喂？**」他對着無線電大喊，「**喂，你們能聽到我說話嗎？**」

「**哈！哈！哈！**」一把大家都熟悉的笑聲回答了他的疑問。

線索！

「真的是你，傻頭傻腦的老海象？」托尼很高興地問。

「你怎麼樣了，沒腦子的大塊頭？」魯斯科反問道。他的聲音因為 激動 變得有些顫抖。

月球車上的無線電能用了！為什麼最初拿破崙說話的時候，沒有任何鼠回答呢？
（請翻閱 P.101-102 的內容）

「我們都很好，但小飛船墜毀了，月球車也掉到了環形山裏！」

寶琳娜**焦急**地插話道：「帕咪、妮可、蔻蔻和你在一起嗎？」

「我們**很好**，寶琳娜！」潘蜜拉在一旁回答她，「我們在環形山外邊，科萊塔説她看到什麼過來了！」

「是我們！」薇歐萊特**激動地**大喊，「我看到你們了！」

是的，魯斯科、寶琳娜和薇歐萊特剛才看到**遠處**亮着的車頭燈。他們也想**加速**趕到那裏。但是，在月球上速度不能太快，否則就會因為速度太快而飛起來，然後掉到某個環形山裏，那就糟了！

幾分鐘後，重聚的**俏鼠菲姊妹**互相擁抱着，就像魯斯科和托尼一樣。

德露待在月球車旁邊，鬱鬱寡歡，她有些沮喪：她做了那麼多事想要把他們倆分開，但現在他們的關係不但變好而且更勝從前！

當魯斯科**擁抱**朋友時，他又記起了：當自己得知托尼處於危險當中，那種恐懼感真折磨人！那怎麼解釋最近這段時間裏，他們之間那些不斷的爭吵呢？

魯斯科望向手爪拉手爪相互**微笑**着的菲姊妹。「她們的**友誼**和她們對於採訪新聞所表現出來的熱情都是完美的！」他想，「我和

托尼也曾經像她們一樣……」

　　也許，重新找回他們年輕時那麼和諧的感情還不算晚……

　　但，誰知道呢？！

　　托尼像是意識到了魯斯科的想法，他**直視**着好朋友的眼睛，對魯斯科說：「魯斯科，知道我要和你說什麼嗎？我們把太多時間用在**爭吵**上了！從今以後，我們要比以前還要好！」

　　魯斯科**喜笑顏開**，眼睛裏閃爍出光芒，他緊緊地握住了老朋友的手爪。

看你們什麼時候停止矯揉造作！

重返月球基地

六個**倖存者**從不幸中歸來。在迪塔尼亞，**機械人**樂隊演奏着歡快的音樂熱情地迎接他們。

金教授向大家表達了他的歉意，以及對沒能親自去幫助他們而感到**遺憾**。然後，他表揚了魯斯科、薇歐萊特和寶琳娜，還稱他們是「勇敢的**太空**搜救員」。

「你做得很明智，金！」拿破崙安慰着教授，他仍像往常一樣心胸寬廣，「你要對所有旅客負責，你的首要任務是保護大家。」

俏鼠菲姊妹可不這麼認為，但她們並沒有說什麼：她們只是為好朋友們又能在一起而高興着！

但是，德露彷彿每一個毛孔都**充滿了**惡毒的毒液，她說：「這次旅行真是個災難，我要清楚明確地告訴我的觀眾們！」

對於拿破崙來說，這真的是個巨大的**打擊**，這時托尼和魯斯科打斷了德露的話。

「別在那兒發牢騷了，德露！誰也不知道意外什麼時候到來！」托尼說。

「迪塔尼亞簡直是個**美妙的**地方！」魯斯科堅持道，「這裏有最先進的科技！在這裏就好像生活在**科幻世界**一樣！」

「我卻覺得好像生活在北極！」德露**顫抖着**聲音反唇相譏。

此時，大家都已脫下了太空衣，基地裏面的溫度似乎有點兒低。

「我馬上命機械人去調一下。」拿破崙立刻對大家說，「現在你們都需要洗個熱水澡！洗去疲勞。稍後，我會安排基地給大家準備超

級美味的午餐！」

一個機械人服務員陪同**菲姊妹**回到她們的房間。

她們一進門，潘蜜拉就忍不住驚呼：「哦！全宇宙的所有薄餅啊！」

科萊塔補充道：「簡直像是童話世界！」

就連寶琳娜也在悄聲嘀咕：「簡直讓鼠不敢相信……」

房間裏的大廳很華麗！裏面有珍貴的馬賽克地板、珍珠母顏色的**巨大**沙發，非常柔軟，還有散發着柔光的牆壁。

不過，女孩們並沒有注意到這些。她們像是被催眠了一樣，都不約而同地被大廳的天花板吸引住了。

在那兒，透過玻璃天花板，可以看到滿

 重返 月球基地

滿天星斗的宇宙！

她們坐到沙發上，眼睛仍然盯着上面。

女孩們就這樣忘我而安靜地欣賞着外面的**太空美景。**

幾分鐘後，科萊塔意識到自己在**出汗**，她疑惑道：「我沒弄錯吧？我居然感到有些憋悶？！」

「是真的！」潘蜜拉確認了這一點，「基地真奇怪，起初**很冷**，現在又這麼熱！」

 起初很冷，之後又很熱⋯⋯為什麼基地裏先進的電子設備不能正常運作了呢？

機械人的反叛

科萊塔叫來機械人服務員，下達了一條指令：「去調一下溫度！**太熱了！**」

機械人穿過空曠的大廳，停在一個看起來很像配電箱的物體面前。

機械人碰了一下配電箱，四周美麗的*風景畫*消失了，玻璃面板上出現了一個溫度計。所有鼠都看得到：溫度太高了。

寶琳娜感到好了一些，剛想示意它：「現在把溫度調到……啊啊啊！！！」

咔嚓！

她還沒來得及說完這句話，機械人就卸下了控制板。

與此同時，整個基地上的旅客們彷彿都在經歷**世界**末日。

原本一直很安靜的機械人服務員彷彿同時突然*失去了控制*，變得滿懷敵意、易怒和**無禮**了！

那三個投資者的其中一位，點了一杯茶，機械人服務員卻給他端來一個忌廉蛋糕，還……扔到了他臉上！

在另外一個投資者的浴缸裏，機械人服

務員本該往浴缸裏放浴鹽的，卻放入了一整桶的垃圾。

而最後一個投資者，特里梅因先生眼睜睜地看着機械人服務員毀壞了他從不離手的平板電腦。

線索！

至於**機械人**樂隊，原來它們非常擅長彈奏樂曲的，現在卻發出了讓人無法忍受、令人痛苦的噪音！

德露大聲尖叫：「這個地方太可怕了！**我要馬上離開！！！**」

她之所以這麼憤怒，是因為當她往地板上扔**糖果**包裝紙時，被一個機械人服務員捉住

啊！放開我！！！

並關進了大衣櫃裏。

菲姊妹費了好大勁兒才把她**解救**出來！

現在，三位投資者的表情不再嚴肅而平靜了，而是因為**生氣**而變紅了！

他們也很認同德露的觀點：「迪塔尼亞簡直就個**失敗的**例子！風險太高了！費用太高了！沒有鼠能賺到錢！」

可憐的拿破崙·史密斯沒有放棄，他試着**安慰**大家說：「這只是個不幸的意外！金教授正在想辦法解決……」

但是，一個**高大的**看守機械人打開了大廳的門。它拽着魯斯科和托尼的領子，把他們從門口**扔**了進來。然後，它關上了門，不許任何鼠離開！

基地裏所有機械人突然出現故障，而且它們表現得很奇怪！這真的是另外一個驚人的巧合嗎？

懷疑……

俏鼠菲姊妹回到她們的房間，試圖從**恐懼**中恢復過來，並想一想下一步該怎麼辦。

「**麻煩**大了！」潘蜜拉做了個判斷，然後關上了身後的房門，「就像托尼說的那樣，

誰也不知道意外什麼時候到來。不過……這兒
的形勢正在急轉直下！

科萊塔歎了口氣，說：「我覺得德露說得
有道理，那個……迪塔尼亞真的很混亂！」

「當我們在工地參觀時，整個基地都很完
美啊。」寶琳娜憂心忡忡地插嘴道，「一切在
突然之間改變，這很奇怪啊！」

一直保持沉默的薇歐萊特則憂慮地分析：
「一次意外事件是偶然，兩次意外是不幸
的偶然，三次意外事件是……預先計劃好的偶
然！」

「你的意思是，這是一次有預謀的破壞事
件？！」潘蜜拉震驚地問她。

薇歐萊特回答：「金教授的行為讓我沒辦
法相信他！」

「對！他有點兒**不對勁**！」寶琳娜也支持她的觀點，「當第二艘小飛船墜毀時，他居然一點兒消息也不知道……」

「飛船上的無線電**線路**壞了……」妮基提醒她注意這一點。

「無線電**中斷**之前，為什麼太空飛船沒有通知金教授？他可是整個項目的主任啊！」

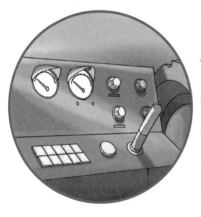

寶琳娜表示反對，「另外，你們月球車上的無線電好像是壞的，因為金教授說沒有收到過任何信號，但當我呼叫你們的時候，托尼**馬上**就用它回答我了！」

薇歐萊特再次發言道：「他的固執也**非常可疑**！他還禁止我們出去找你們！」

科萊塔看了看女孩們，**暈乎乎**地問：

「總之，你們是說，和拿破崙一起的科學家創造了迪塔尼亞，現在他又想毀掉整個項目?!」

「**不可能！**」潘蜜拉和妮基一起喊了起來。

「是啊，這樣做似乎沒有什麼意義！」薇歐萊特不得不承認這一點，「另外，拿破崙非常相信金教授，他肯定比我們更了解金……」

寶琳娜聳了聳肩，一攤手，說：「好吧，一切也可能是我們幻想出來的圈套……」

有鼠敲門。

科萊塔從**防盜眼裏**看了看，然後小心地打開門。

魯斯科和托尼偷偷地溜進她們的房間，進

門時還向四周確認了一下：沒有鼠跟蹤他們。

兩位記者帶來了很有意思的東西給**菲姊妹**看，因為在這麼多團員裏，他們唯一相信的就是女孩們了。

魯斯科首先解釋：「當時我們正在**錄製**基地的一些漂亮景色，不巧錄下了金教授彷彿在給**機械人**做什麼手腳。但是，當看守的機械人看到我手中的攝錄機時，它粗暴地把攝錄機搶走並**摔個粉碎**！」

「哦！這麼說，我們是被囚禁在基地裏了！」妮基迅速得出結論，「他們並不希望被其他鼠知道基地究竟發生了什麼事情！」

「但機械人沒有注意到我還是拍到了一些東西！」托尼補充道，他們倆還隨身帶了一個小的**數碼**相機，「你們**看看**這兒……」

相機拍下的照片圖像很清晰，屏幕上金教

授正站在一個機械
人面前，從機械人
的控制板上取出一
張**藍色**的小卡。

托尼又翻到第
二張照片。這張拍攝
於幾秒鐘之後——在
這張照片上，金教授正往
機械人身上插入另一張
卡，那是**紅色**的。

「他就是『彩
衣吹笛人』＊啊！」薇
歐萊特**震驚地**大喊！

在這樣緊張的時刻，她這一聲滑稽的叫喊
讓大家**哄堂大笑**。

＊源自一個古老的歐洲民間童話，詳情可參閱格林童話中的《彩衣吹笛人》。

馬上出發！

　　笑一笑對大家是有好處的，當大家陸續平靜下來後，緊張的氣氛消散了不少。

　　托尼讓大家仔細看**放大的**照片上的紅藍小卡：「它們看起來像是一張記憶卡，你們覺得呢？」

　　「是的！」寶琳娜點點頭，「但也許是金教授在試圖修好機械人⋯⋯」

　　「或者他是在**破壞**機械人！」魯斯科打斷了大家善意的猜測，「因為機械人最初是很平和的；但是後來，它們突然性情大變，開始攻擊我們了！」

　　「我覺得你的**懷疑**有道理！」妮基說。

　　寶琳娜擔心地說：「那麼⋯⋯似乎是金教

1.藍色記憶卡
=
機械人積極肯定的行動

2.紅色記憶卡
=
機械人消極否定的行動

授改變了機械人的程序，因此機械人才變得這麼『暴躁』！」

「原來都是這個無恥之徒在搞鬼！」托尼的臉因為生氣而漲得通紅。

「但這是為什麼呢？」科萊塔問，她無法理解金教授的行為，「破壞自己經營多年的項目對他有什麼好處呢？」

「我們應該馬上調查！」魯斯科說，「我們現在最要緊的任務是要想辦法阻止他。如果是他讓第二艘小飛船墜毀的，那麼在返回太空飛船時，肯定還會發生更加糟糕的

事！」

寶琳娜的大腦開始高速運轉了，直到——

「我們得給**機械人**重新植入記憶卡！」她説。然後她又指了指照片：「我是説用藍色的那個。要想讓機械人**恢復原樣**，這是惟一的辦法！」

「但我們去哪裏找那些藍色的記意卡呢？！」妮基不怎麼樂觀，「金教授肯定把那些記憶卡**藏**起來了！」

「我會找出來的！」托尼堅定地説，「我真的很想**好好**教訓一下那個傢伙！」

咿嗚……咿嗚……咿嗚……咿嗚……咿嗚……咿嗚……

不斷重複的警報聲突然響起，嚇了大家一跳。緊接着，從一個高音喇叭裏傳出了拿破崙的聲音：「請所有鼠來我的書房，快點兒！我們即將放棄基地！我再説一遍，**我們要放棄**

基地？」

　　當所有鼠到達他的書房後，拿破崙一臉沮喪地對大家說：「朋友們，我向大家表示深深的歉意！機械人發生了錯誤，它們現在

變得很危險。基地已經失去了控制，因此我聯繫了太空飛船，我們會迅速安排大家的回程！」

　　他說這些話時，臉色越來越蒼白，一向微笑的眼睛裏也充滿了失望。

　　「過會兒我們又要穿上太空衣了？」寶琳娜問。

　　「是馬上！」拿破崙回答她，稍後他又補

充道，「很遺憾，我們現在只有一艘小飛船，所以我們還是要分成兩組**出發**。」

「誰先出發呢？」德露問道，她可不想把機會讓給任何鼠。

「金教授和**菲姊妹**，還有貝亞德小姐。」拿破崙**疲憊地**回答。

魯斯科試圖緩和氣氛。他像古代的騎士一樣，對大家行了個禮：「那麼，請**女士們**優先了！」

膨脹的大氣球！

突然要出發回去的這個決定，讓菲姊妹有些措手不及。

「我們就任憑金教授那個無賴擺布嗎？難道沒有辦法揭開他的真面目了嗎？」為了不讓德露聽到，寶琳娜低聲對朋友們說。

薇歐萊特小聲嘀咕着：「我覺得沒什麼大問題，反正我們和他在一艘飛船上。但我就怕剩下的那些鼠發生什麼事……他們要獨自和那些機械人在一起呢！」

她們一邊説着，一邊走進衣帽間。

這個時候，金教授已經在這兒等着大家了。他正忙着穿上太空衣。

寶琳娜突然想到一個**好主意**！

她把金教授的通訊器藏了起來，那是他在穿太空衣時把它脫下放在一邊的。然後，寶琳娜對蜘蛛機械人下達了一個指令，讓它們輕輕地破壞一下這位科學家身上的太空衣。

小小的**機械人**馬上採取了行動，它們**爬**

到了金教授太空衣的褲子上。在教授意識到大事不妙之前，它們已經完成了任務。

「嗯，是誰下的命令？！」金教授**尖叫**着問。他的太空衣開始像吹氣球一樣**膨脹起來**。

寶琳娜已經自學過穿着**壓力服**裝置課程，她知道通常情況下，在穿太空衣的過程中，會用到幾種不同的氣體，這裏面就有——**氦氣**。是的，就是那種可以讓氣球膨脹的氣體！

氦氣

氦氣是一種無色、無味、無毒的氣體。這種氣體經常和其他氣體混合在一起，用於製作水下設備和太空衣等。該氣體單獨使用時主要被用於飛艇和氣球！

　　根據寶琳娜的指令，小機械人們把太空衣上的一根管道連在氦氣瓶上。

　　這樣，金教授的太空衣就**瞬間**膨脹了起來。現在，他變成了大塊頭，像個氣球一樣在空中飄來飄去！

　　金教授手舞足蹈，試着**擺脫**身上的那些小機械人。他到處飄蕩，嘴裏不停地喊着：

「救命啊！！！快把我弄下來！！！」

　　　　　　　妮基趁機利用這個機會搜查教授外套的口袋……

　　　　「找到機械人的藍色記憶卡了。」妮基搖晃着**藍色**的記憶卡喊道。

　　「小偷！」金教授大喊，「快把那些記憶卡還給我，那是我的！」

　　他搖擺着大腿和手臂想要奪回妮基手上

的記憶卡，但他一這樣用力，馬上就撞到牆上……

咚……

然後，他又頂到天花板上……

咚……

現在是撞到地板上……

咚……

再然後是撞向了另一面牆……

咚咚咚！

金教授充滿**恐懼**的叫喊聲從房間傳了出去，被拿破崙·史密斯聽到了，他急切地闖進了房間。隨他而來的還有魯斯科、托尼和三位投資者。

「宇宙啊！**星空啊**！金，你在上面幹什麼呢？！」拿破崙看着空中被**戲弄**的金教授問。

菲姊妹互相交換了一個眼神：是時候讓金教授坦白一切了！

坦白！

　　讓金教授說出事實真相已經不需要太費勁了。因為**菲姊妹**已經揭開了他的面具！

　　「是的，我想**破壞**這次太空旅行！」他承認道，「我想要投資者和公眾都**害怕**這樣缺乏安全措施的登月旅行！我想讓所有鼠都不看好你的這個夢想，拿破崙！我想讓你的整個工業都垮掉！」

　　拿破崙簡直無法相信金說的這些話，他搖着頭問：「為什麼，金？！為什麼？！這十年，我一直覺得我們是好朋友……我是你的朋友啊！！！」

「愚蠢的*理想主義者*！」金教授用輕蔑的口氣嘲諷道，「我想要的並不是你的友誼，我要的是你的**錢**！」

「但要是想漲工資，你可以和我說啊！」拿破崙**疑惑不解**地說。

「我不只想要你給我付的工資。」教授反唇相譏，「我想要**全部**！我想要整個太空項目！我要建造一個完全屬於我的迪塔尼亞，用你競爭對手的錢！」

拿破崙無言以對，他沮喪地坐在長椅上，**一臉疲憊**。

這個赤裸裸的真相對他來說是個巨大的打擊。

潘蜜拉代替拿破崙再度開始審問金教授。

她譴責道：「就因為錢，你把我們的小飛船弄得墜毀了！」

「不！這個不是！」金教授一臉誠懇地

回答她，「真的是太空**碎片**使得小飛船墜毀的！迪塔尼亞的建設工作在**月球**上也製造了大量太空垃圾！」

「我很想相信你，但你還是承認吧，你就是想利用這次**事故**達到你的目的！」妮基突然激烈地逼問他道。

金教授那高聳的鼻樑上皺出一個**陰險的**笑容，他說：「當接到從太空飛船上發來的事故通知時，我關掉了無線通訊設備，並假裝無線電壞掉了！如果不是魯斯科和你們那些好管閒事的**朋友**，你們現在還在月球上到處遊蕩呢！呵呵呵！」

此時，**菲姊妹**已經明白了整件事情的始末。

寶琳娜提議道：「現在我們先把那些**機械人**破壞者回復正常吧？！」

科萊塔**警告**她注意危險，她說：「你不

會是想靠近那些暴怒的螺絲釘吧？！」

「有一個總控制室。」拿破崙說，「在那兒有程序可以同時給基地裏的所有**機械人**下達指令。我們可以試着讓它們停止活動！」

「好的！」妮基非常同意，她說，「用這種方式，我們在基地裏就能少一些**危險**了。總控制室在哪兒？」

「我帶你們去！」儘管已經很累了，拿破崙還是 站了起來，「但我得告訴你們，電腦程序的所有指令都是通過金的聲音通訊器來執行的。這個通訊器的級別比你們的高⋯⋯也比我的高，所以⋯⋯ **很遺憾！**」

音樂的力量！

菲姊妹讓魯斯科和托尼看住那個「膨脹的大氣球」（潘蜜拉給金教授起的新綽號），她們則和拿破崙去**總控制室**。

很幸運！所有語音通訊器，包括金的那個並不是用聲音控制的，也就是說，只要拿到金教授的通訊器，無論是誰都可以使用。所以，寶琳娜輕鬆地使用**教授**的通訊器打開了那扇禁止任何鼠進入大廳的大門。

當中最困難和最**危險**的行動就是如何不引起看守的機械人的注意，從而順利地進入總控制室！

　　因為他們很快發現，被竄改程序的**機械人**已經不再聽從金教授通訊器的語音指令了。

　　他們**溜出**衣帽間，偷偷地繞到了兩個毫無察覺的機械人的背後。

　　總控制室的位置並不遠。他們眼看就要到了，入口近在眼前，只是幾步遠而已……

　　此時，機械人**樂隊**來了！它們彈奏着讓鼠**悲痛的**音樂。它們要幹什麼？

　　薇歐萊特在科萊塔的耳邊嘀咕了幾句，然後她告訴其他鼠要走的路線，大家就兵分兩路了。

　　一分散開來，薇歐萊特就馬上朝着機械人樂隊**加速**跑了過去。

　　「按照我說的去做！」她的聲音很堅定，「沒有時間解釋了！」

　　就這樣，薇歐萊特和科萊塔一邊唱着**歡快的**歌曲一邊拍着手向前走去。有那麼幾秒

鐘，機械人有些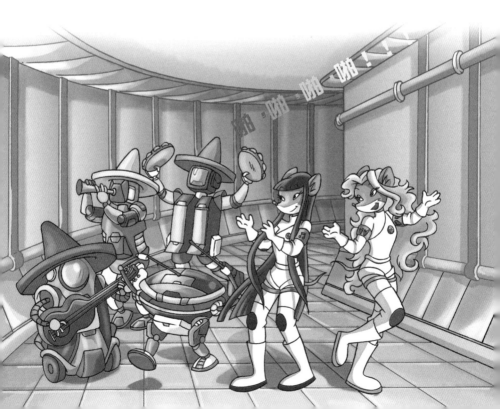看着她們兩個。

機械人程序中跟隨**節奏**的習慣佔了上風。樂隊改變了原來**陰鬱的**節奏，開始跟隨着歡快的節奏，搖着**手鼓**，吹着喇叭。

這就是薇歐萊特想出的辦法！

薇歐萊特的想法是對的！兩個女孩吸引了**機械人**樂隊的注意力。

　　她們剛一轉過拐角，其他鼠就迅速**跑進**了總控制室。

　　只用了一分鐘，寶琳娜用金教授的通訊器，通過一個特殊的控制程序，清晰地命令迪塔尼亞的所有機械人都**停止**活動！

　　然後，他們趁機迅速給機械人換上了藍色的記憶卡！

放鬆

現在，危險已經過去了，金教授不可能再做什麼**壞事**了，遊客們不必*着急*離開了。

出發前，德露正**享受着**酒店舒服的服務：神奇的漂浮**按摩**！

菲姊妹讓**月球**度假村的每個角落都重新運作起來了！

魯斯科和托尼看起來變得年輕了。他們*笑呵呵*地相互開着玩笑，只是，他們也跟大家不停地開玩笑，弄一些小惡作劇！

三個投資者納古拉、鮑爾和特里梅因，他們正在計算着未來可能得到的收益。

　　至於拿破崙・史密斯，他終於實現了自己的夢想，於是興奮地脫口而出：「迪塔尼亞將來不僅僅是娛樂的地方！這兒還將建設一批科學實驗室！」

「我們將要做新的疫苗實驗……我們將要策劃研究修復貧瘠土地的方法……還有很多**精彩的**事情、很多有用的事情！」

這幾天愉快的太空生活過去了，第二艘**小飛船**也修好了。所有團員都回到了太空飛船上，並且安全順利地**着陸**在寶塔菜基地。

地球！！！

團員們安全回到地球上，所有新聞媒體都在焦急地等待着，他們想獲得這段本世紀最偉大的**冒險**經歷的故事、**紀錄片**和照片。

德露・貝亞德還沒脫下**太空衣**，就有無數個世界各地的電視台打電話給她想要出高價購買她的**旅行記憶**，但……

「你也參與了制服竄改**機械人**程序的金教授的過程嗎？」所有鼠都在問德露。

而她只能回答沒有。

最後，只有魯斯科和托尼擁有**獨家新聞**的圖片，而對他們來說，德露的**花言巧語**已經不再起作用了！

不過，這兩位著名的記者對最有名的雜誌

社也提出了要求，就是一定要出版**俏鼠菲姊妹**寫的文章。

「她們都是非常有實力的女孩！」他們真誠地為菲姊妹做擔保，「她們一定會成為最優秀的記者！我們能安全地回到地球上，還重新找回了我們之間的**友誼**，這都要歸功於她們！」

拿破崙·史密斯很感動，他一邊擦着**眼裏**感動的淚花一邊感謝**菲姊妹**，他說：「我

的孩子們，你們拯救了我和迪塔尼亞！不論你們想要什麼，只要你們開口⋯⋯我都會給你們！」

科萊塔、薇歐萊特和潘蜜拉都表示，有這樣一次**冒險經歷**已經足夠了，這比任何報酬都好。

而妮基和寶琳娜則覺得仍有不足，她們兩個用**不容置疑的**口氣請求道：「我們只想讓您做一件事！您要向我們承諾，一定會清理好太空垃圾！有些垃圾就是機械人扔的！」

「你們說得有道理！」拿破崙誠懇地**追悔**並保證，「這將是我要做的第一件事！因為我已經親身經歷過那些垃圾所帶來的**危險**了！」

凱旋歸來的俏鼠菲姊妹受到陶福特大學老師和同學們的熱烈歡迎！

整個**鯨魚島**都掛滿了**祝賀的**氣球。

美麗的胖廚娘特拉尼奧做了一個**月球**形狀的超級大蛋糕，上面還有用巧克力做的太空飛船！

馬里布蘭老師是第一個跑向菲姊妹的鼠。她和女孩們緊緊擁抱在一起，激動極了！

她說：「我想要你們給我講述**所有、所有、所有的經歷！**」

「你們真的太**與眾不同**了！這次你們簡直比你們的老師還要棒！」

俏鼠菲姊妹 Tea Stilton

菲姊妹手記！

零重力！

在零重力下漂浮的感覺真是太棒了！

在地球上，很難做相同的事情，但也有一些遊戲，可以給你類似的體驗。我已經嘗試了一些！

1.彈簧單高蹺

哎呀！

彈簧單高蹺由傳統的高蹺改造而來。它的底部裝有強力彈簧，採用簡單的空氣壓縮動力設計原理，可讓你實現兩米多遠的跳躍。這個遊戲很有趣，但是大家一定要注意安全，戴上頭盔和護膝，小心別跌倒了！

彈牀在2000年悉尼奧運會上成為正式比賽項目。這種運動得到了體操界的認可，同時它也是一個有趣的遊戲！

在彈牀上翻跟斗做運動，一刻鐘可以燃燒200卡路里的熱量。彈牀運動可以提高人的動作協調性，還能增強人的心臟耐力。

還在等什麼？**大家一起跳起來吧！**

2.彈牀

在彈牀上除了越跳越高外，還可以翻跟斗……總之，真的就像飛起來了一樣！

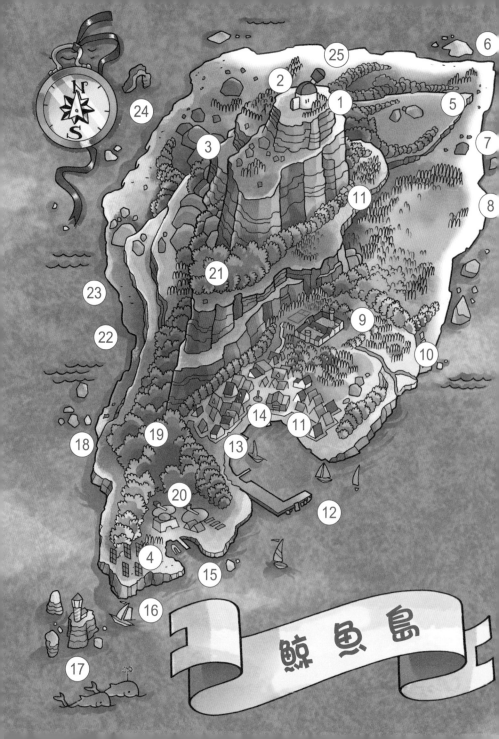

鯨魚島

1. 鷹峯

2. 天文台

3. 弗拉諾索山

4. 太陽能光伏設備

5. 山羊平原

6. 風暴角

7. 烏龜海灘

8. 斯皮喬薩海灘

9. 陶福特大學

10. 帽貝河

11. 斯卡莫爾哲利亞
　　乳酪廠，也是拉提卡
　　海運公司的所在地

12. 碼頭

13. 卡拉馬羅之家

14. 贊茲巴紮

15. 蝴蝶灣

16. 貽貝角

17. 岩石燈塔

18. 魚鷹岩

19. 夜鶯林

20. 馬雷阿館：
　　海洋生物實驗室

21. 老鷹林

22. 颶風岩

23. 海豹岩

24. 海鷗崖

25. 小驢海灘

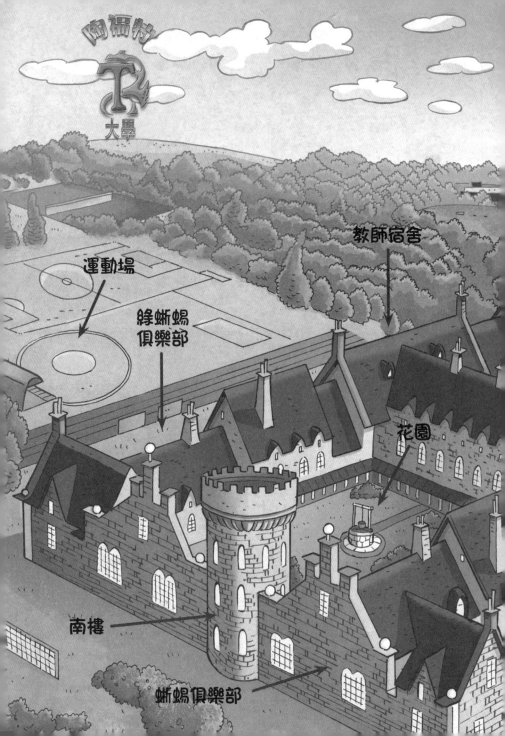